U0054827

四歲

喵球——著

推薦序　人間角落與意識邊緣

詩人，評論家
黃粱

喵球（一九八二－），一個棲居於詩歌洞窟的孤獨者，依詩而存活，「在洞穴裡／畫下一些看見的事／在洞穴裡／發出聲音／成為洞穴的一部分／這是愛情／最美的那種」。他的新詩集命名《四歲》，究竟誰四歲？是喵球一手帶大的女兒已然四歲？還是喵球因寫詩而成就的精神生命淬煉了四個年頭？

第一首詩以〈為父〉起頭：「牽牛花佔據了／整面鐵皮圍牆／葉尖上的露珠／好好地裝著／早晨的陽光」、「世界向我展開了新的部分／回頭看看舊的部分／一條青蛇靜靜地滑過我的腳邊」，〈野牽牛〉在末端開放：「心裡的青蛇醒了／在鏡子前吐著信／心形的葉片／伸出藤蔓

／往高處纏繞／像是一直抬頭／看著你的人」。牽牛花與青蛇頭尾呼應內外纏繞，牽牛花象徵野地裡生機盎然的生命，青蛇隱喻人的心靈。兩詩共同特徵是身體與靈魂的對話，詩歌空間瀰漫自我覺察的氣息。

《四歲》收錄五十七首詩，薈萃從一歲到四歲的生命經驗與詩的經驗，兩者協同成長，前者載體是物質性毀壞發臭的肉身，後者載體是精神性昇揚光顯的靈性。《四歲》，也是父親與孩子相互陪伴的四年時光，〈為父〉這樣說道：

那次我抱著你
赤腳試探那些綠色的石頭
溪水裡的魚苗啄著我們的腿
而你只是認真地看著他們
你的世界正在展開
而我的世界展開至此
已經沒有多少安靜的地方了
與你一起看著腳趾間的溪水

直到陽光回到背上
我坐進溪裡
從跟你一樣高的地方看你

當你哭泣的時候
我才確定自己有時
是個溫柔的人
我一直記得受傷的鳥
如何慢慢變得冰冷
陽光在露珠邊緣散開
放大的葉脈周圍
有更小的紋路
你不用害怕哭泣
我們坐在這裡
將世界的衣角沾濕了一點點

「我們」是父與子，孩子與宛然孩童的父親，以等高的視線觀看世界，共同感受溪水流過腳趾。「你不用害怕哭泣」，即你不用害怕孤獨，這是大人對孩子的鼓勵也是自我勸勉；孩子與宛然孩童的父親互為鏡像，鏡子前的身體與鏡子裡的靈魂互為鏡像。沾濕「世界的衣角」，自我與世界產生一絲絲聯繫，孤獨感得到緩解。

大人的行跡「宛然孩童」是生命中內在小孩的外顯，「內在小孩」隱喻永遠鮮純的童真。「孩子總是說出／渾然的隱喻／寫詩就是這樣的嗎」，孩子的話是詩的語言，詩人渴望學習的奧義。從父親角度觀看孩子：「孩子已經有了／邊緣的概念／孩子甩著雙腳／放開握著的東西／他看見掉落／孩子的心裡／還沒有自己的掉落」，天然純真的孩童無知無識，惹人憐愛。從廚師情境自我鑑照：「今天孩子燙菜／差點又把未熟的心／給了人家／他還只是個孩子／他所記得的／是萬物巨大的樣子」，內在小孩從詩人心靈探出頭來。前者從身體的外顯情境反思心靈境遇，後者從心靈的內面空間映照生活環境，內外相互鑑照。

聲音也分外顯與內隱。「蟋蟀正在摩擦他的身體」，物理性的聲波由耳朵接收；「大蟋蟀的聲音比較老／小蟋蟀的聲音／比較好笑」，感覺性的體驗由心靈覺知。「每個人都哭了／當他們第一次／感覺到時間／緩緩鑽進身體／又從孔竅出去／他們的影子／也離開了子宮」，時間的運動與時間的影子不是視覺印象，而是身心靈冥想的開放性經驗，詩題故名〈開竅〉。身心靈開竅才能覺知萬物幽微的變化，同時體察外顯與內隱，這是詩人的特殊才華。喵球詩，不只從孩子般的邊緣視點觀看世界，也從身體的冥想經驗體察心靈波紋。

《四歲》的敘述方式即興而瑣細，詩歌空間的構造像似異鄉人手記。房間、道路、田野、溪流、公園、餐廳、加油站、植物、動物、白天、黑夜、大人、小孩、上網、做夢、自言自語，最低限度的當代生活景觀。如何通過這些尋常素材提煉詩意，真是一件難題。《四歲》是怎麼辦到的？它關注兩樣東西：人間角落與意識邊緣，從最卑微的視點同步觀照自我與世界，總匯為懷抱悲憫胸襟的孤獨者及其存有真實。「我的荒野／盡在人煙升起的地方」，喵球詩就耕耘在猶如荒野的人間性之上。

一歲：踩碎了一個完整的蟬蛻、蝸牛在牆上留下一道黏液、孩子的口水緩緩地流到被被、幾隻螞蟻在黃色的花心中移動、你跟霧說話的時候他進到你的嘴巴裡、錢總是一直笑一直笑、一路上閃著方向燈的前車、樓上傳來玻璃珠掉落的聲音、迎面而來的人布滿難以意識的裂痕、不時回頭看一下自己的腳印、風帶著沙經過我的腳踝。

二歲：在魚眼之中我看見自己的輪廓、火焰吼叫的聲音在每個夜晚燃燒我的耳朵、等待的人掏出手機在溢散的油氣之中、這幾天都會下雨隱翅蟲也跟著下下來、桌面的木紋雖是假的也有一張張人臉、需要休息就在身體上停留一下、河魚聚集在污水管的排出口、沉重的光進入肉身、孩子畏懼著自己的睏意、孩子在夢裡嗚咽隨時準備哭著醒來。

三歲：被鎖在身體裡的水一有機會就想離開、冬天離開的時候像一個人從身後走過、微弱的雨聲包裹著幼貓的呻吟、夢裡的樹在心裡才剛剛發芽、跨過黑色的尾巴自己走進野獸的肚腹、你剖開黑暗的肚腹掉出一串串光明、你看見黑暗也露出痛苦的表情、新的一天到來孩子學會了新的詞彙、忘記了草木的語言學會了人話、路上躺著一隻壞掉的傘形體尚存的麻雀。

四歲：唱歌的人離得太遠歌聲抵達這裡時已經失去了細節、在植物間前進蜂鳴與花粉在陽光中都是可見的、夜裡的鳴蟲正過著安靜的童年、今天的風能在汗毛間稍做停留、跟植物說話有時真心有時只是習慣、你也在黑暗中聽過飛蟲撞擊牆壁的聲音、沒有一片安靜的湖能映照此處的滿月、你的聲音裡總有瓦斯燃燒的氣味、鞋子裡躲著蛤蟆、指甲縫裡藏著細碎的草渣。

生活紀實詩是一個極端，從外像堆疊中烘托詩意；心靈聚斂詩是另一個極端，從外像剝落裡裸裎詩意。前者具象化指涉容易理解，代表作是〈長夜〉、〈便當店〉；後者心思隱晦不易體會，譬如〈萊菔〉：

我只有皮／可以給你／你嫌他辣／就拌點鹽
我只有葉／可以給你／是脆的／生吃或醃／都是脆的
冷天甜／熱天澀／蔬果總是／當季的最好
我只有根／也可以給你／我是顆好菜／你是個好人

萊菔即蘿蔔，蘿蔔皮、蘿蔔葉、蘿蔔球根都能食用，整首詩像似碎嘴碎舌，深入體會五味雜陳，每個人都有皮、葉、根，不是嗎？也都有溫柔與苦澀的時候。

喵球能將生活紀實與心靈聚斂調和得恰到好處，不會太嘮叨，也不至於太抽象。喵球的詩從風格類型而言，歸屬現實主義詩歌，以日常口語敘述每日生活，撫觸深層的人間性，這是一條可深可遠的詩歌路徑。「明天在後面／燒我們的舊衣／還有吃剩、用剩的東西／要燒到秋天／每一口氣／都是發酵蛋白質的氣味」（〈焚化〉），歲月折磨過後遺留智慧，冷靜洞觀身體與心靈，娓娓道來「詩的真實」。

「風聲尖銳／夜晚像一個／狹長的通道」、「雨聲消失／的斷層／將你喚醒」、「他在嘗試生火／他在嘗試把火帶到意識之中」、「這裡的黑暗／有一個開關／今晚我們不去動他」，語調語情透露啟蒙意味。喵球以類似的句群，推動敘述動能，擴散詩意迴響，將生活的黑暗洞窟鑽開裂隙，有光進出，心靈獲得短暫自由。

喵球的詩人性格其一：赤子的淳真性情，意識尚存渾沌，在社會化邊界徘徊，「孩子尚沒有／耐得了委屈的靈魂／／你想起自己／受不了委屈的樣子」。喵球的詩人性格其二：對自我與他者滿懷悲憫，安於邊緣心態清醒，以詩熏習並成長，「我們用上整個世代／來學習溫柔／學習如何描述傷痛／只要有人嘗試／我們就要一擁而上／讓他感到人的溫暖」。兩種性格取向結合，塑造他溫厚的詩人意識，文本縱使帶有批判性，批評意識內斂，語言策略與空間構造獨出心裁：「這部影片因／違反了服務條款／而遭到移除／很多人仍卡在下面上香／有人當那個／一生平安的好人／有人當那個活在／所有人硬碟中的原檔」（〈外流〉），「向水借地／耕成最後的菜園／農舍的牆上／有著清楚的水痕／向水借了無須開發的心／每個心都預留了洪氾的空間」（〈水鳥〉）。

〈詠田園@夏宇〉如是敘述：

惡土被翻開來
下面仍是惡土
放了一陣子
也沒從土塊隙縫中
伸出新的草苗
只是緩緩地
覆上一層青苔

軟體動物
在土塊上移動
啃著無限的苔原
用一輩子將這些
綠色的絨毛
變成有著妖異粉紅色的卵群
你能想像在個體之中
有著成千上百的寄生蟲嗎

我幾乎為此流下眼淚
雨後三天
我將駕著規律震動的農機
將軟體動物與他們的苔原
一同絞碎
在初夏的正午
泥土的氣味將遠遠地發散

白的鳥與黑的鳥
跟在緩慢前進的農機後方
這就是永不凌遲的田園
談不上愛的田園

本詩的關鍵轉折在「我幾乎為此流下眼淚」，深刻的心靈鏈結銜接上下文，對映人文與自然，上文是象徵圖景（形容夏宇詩及其詩意迴響：難以耕種的惡土與眾多寄生蟲），下文是現實圖景（演繹夏宇詩雙重否定的虛無敘述模式：永不凌遲、談不上愛）。

〈創世篇〉最後聚焦於：「第六天／所有的杯裡都生了孑孓」，〈光來〉一詩以圖像總結：「像一盒鮮豔的12色黏土／最後變成一個／你說不出顏色的硬塊」，這是詩人對五濁惡世的基本觀點。但喵球相信「詩」是淨土，教導人類尊重心靈敬畏生命！詩集以〈元宇宙生活〉壓軸饒富深意，詩分三段：

躺平／將心放在平坦的地方／微波將／物體的裡外同時加熱／密

封的容器膨脹／你替他開了一竅／隨著一聲嘆息／手被蒸汽燙了
一下／但也沒有放手／只是靜靜地／再開一竅

「躺平」與「開竅」是關鍵詞，躺平意味著身體接納整個世界，並依此體會命運加諸身體的蒸煮炒炸；開竅顯現心靈即興之舞，讓五味雜陳的感覺與意念找到相應歸宿，而非在體內悶燒燙傷自己。第二段：

蒸汽混著油煙／沖進上方的管路／都已經那麼油了／還是想回到
天上／那邊有誰／等著進行最後的情緒勒索／都已經那麼油了／
還是想回家／看一些虛擬實況主的影片／他們的皮／在有限的範
圍內／做出人的動作／像是不帶意義的短波／將你的心再次加熱

本段出現一個突兀的語詞「回家」，孤獨者不得不成為社會邊緣人或街頭遊民，他們不是沒有家而是回不了家。即使那裡依然存在著情緒勒索，即使那裡的生活像似虛擬場景而且毫無意義，但「家」依然是己身從出之地，有著千絲萬縷的牽連。

坐起來／吐出一口蒸汽／又躺下／坐起來／吐出一口蒸汽／又躺
下／像一台無情的／蒸汽動力起坐機器／在每次用力的時候／都
發出用力的聲音／身體裡的水分／都藏著雲的鄉愁／在雨聲裡跳
動的心／是天堂的路由器

「鄉愁」的古老意義被賦予網絡時代的面貌。「家」在哪裡？這是現代人必然面臨的自我設問。詩人奉獻了出人意表的答覆：身體裡的水分和雨聲裡跳動的心；喵球以此描繪一個詩人的精神面目，他耐得起現實生活每一天的殘酷折騰。

目次

二歲

三歲

四歲

一歲。

世界

向我展開了新的部分……

為父

牽牛花佔據了
整面鐵皮圍牆
葉尖上的露珠
好好地裝著
早晨的陽光
你經過的時候
衣角沾濕了一點點
原本要來的颱風已經轉向
留下一些雨水
一個充滿雨聲的夜晚
風來搖晃整個世界

有時我會想起
那個只有水聲的洞穴
牆壁上畫著我曾經認識的人
想起那些再不能聽見的聲音
像是一個悶悶的人
遇到一隻受傷的鳥
那是我第一次摸到
溫暖的羽毛
世界向我展開了新的部分
回頭看看舊的部分
一條青蛇靜靜地滑過我的腳邊

那次我抱著你
赤腳試探那些綠色的石頭
溪水裡的魚苗啄著我們的腿
而你只是認真地看著他們

你的世界正在展開
而我的世界展開至此
已經沒有多少安靜的地方了
與你一起看著腳趾間的溪水
直到陽光回到背上
我坐進溪裡
從跟你一樣高的地方看你

當你哭泣的時候
我才確定自己有時
是個溫柔的人
我一直記得受傷的鳥
如何慢慢變得冰冷
陽光在露珠邊緣散開
放大的葉脈周圍
有更小的紋路

你不用害怕哭泣
我們坐在這裡
將世界的衣角沾濕了一點點

孩子（組詩）

孩子之一

孩子的尖叫聲
在麥當勞裡迴盪
坐在遊戲區外的父母
看著手機
概念性地進食
把飲料喝掉之後
他們也差不多飽了
但孩子並沒有吃到什麼
只是不斷地追逐
並大叫
這個午後
孩子尚有父母的陪伴

孩子之二

房間
被漆成白色
日光燈照著
一面白色的牆
一個孩子
被留在這個房裡

這裡
沒有能夠吞噬的事物
每個轉角
都貼上膠條
孩子睡著
孩子醒來

房間的某處
藏著一盒蠟筆
紅藍黃綠黑
有一天找到了
但不會打開
有一天他弄丟了紅色

有一天
孩子想要
在牆上畫畫的時候
剛好拿著黃色

孩子之三

我打開門的時候
水珠正從
他的眼睛流下
我脫下褲子
換上睡衣
喝水
吃睡前該吃的藥
然後再次喝水

他在裝哭的時候
眼睛真的會
越來越濕潤
像期待的季節

真的來了
我知道我們今天
要開燈睡覺
躺著然後
將手指含在嘴裡

每個晚上
他都會說他
也要吃那個
但我總是自己
很快地吃下
不分給他

有一陣子
每個晚上都
有人為我流淚

孩子之四

我常看見孩子
在什麼也沒有的地方跌倒
他的腳邊
只有傾斜的陽光
他倆都是被遺落的東西
暴雨後的路面
展現出特別脆弱的部分
每一個坑
都還裝著一些雨水
要走的時候
踩碎了一個
完整的蟬蛻

正午的公園只有一個孩子
他坐在嘎吱嘎吱的鞦韆上
看他的手機
遠處隱約傳來
孩童的哭聲
蝸牛在牆上留下一道黏液

孩子之五

這個午後
孩子被餵了點飯
坐在沒開的電視之前
等著事情發生
恐龍樣貌的玩具
發出滑稽的聲音
孩子重複重複重複地

按壓恐龍的肚子
這時的孩子
尚不能獨自在家
也不能擁有鑰匙

孩子試著
忍住哭泣
有時也試著不忍
孩子反覆反覆地
發出聲音

孩子之六

看到糖果
便想到孩子
看到草莓

想到孩子
看到綿羊
想到孩子
看到可愛的衣服
想到孩子
看到火車
想到孩子
看到薯條
想到孩子
看到虐童新聞
想到孩子
聽到哭聲
想到孩子
摸摸貓貓
想到孩子
保持安全距離

想到孩子
爬到高處
想到孩子
孩子孩子孩子

看到鏡子
想到孩子
看到孩子
看到孩子
孩子孩子孩子

孩子之七

午後
孩子睡著了
胸腹緩緩起伏

窗外偶有車響
偶有鳥鳴
孩子嚶嚶
我看著孩子
看到他的夢裡
有了車車與飛鳥

拉下粉紅色的窗簾
房間又變暗了點
孩子的口水
緩緩地流到被被
那是他的
第一個朋友

滿溢的時間
介於有光無光之間

孩子翻身
他的臉頰與後腦
滾過自己的口水
孩子嚶嚶
但沒有醒來的意思

傍晚
我將修好的車車
組裝回去
它又能跑了
孩子睡著的時候
就適合做些這樣的事
他差不多要醒了
時間也將回到
原本的位置
我曾夢見車

但未曾夢見飛鳥

孩子之八

孩子才剛學會
自己入睡
便開始天天做夢
在夢裡哭
在夢裡笑
在夢裡唱歌

孩子從夢裡醒來
夢裡的歡快轉眼消逝
夢裡的哀傷卻綿延不絕
孩子踢腿掙扎
卻又渴望安慰擁抱

孩子尚沒有
耐得了委屈的靈魂

你想起自己
受不了委屈的樣子
一時萬物流轉
跟世界
又重新有話可說

孩子之九

昨天孩子
學會抱胸
擁抱自己
可是他沒有手了
沒有手拿起

充滿奶味的織物
孩子總是說出
渾然的隱喻
寫詩就是這樣的嗎

是的
這是我們早承認的事
選出一些孩子的話
用來承擔大人的意義
讓選擇性遺忘的人
選擇性地想起
重要的事
讓人生充滿
真正重要的事

話是孩子說的
動態是大人貼的
用孩子的聲音
孩子的臉、衰頹的心
再當一次孩子

孩子之十

你跟完整
相處的時間還不久
一個人離開
可以用另一個人代替
那時
世界上還沒有什麼
無可取代的事物
你夢見受傷

你夢見死亡
你用描述派對的語氣
描述夢境
你的腳每天都在變大
怪物存在
總有一天你要去看看
他有多可怕

月亮變成奇怪的顏色
你夢見蜥蜴
他死掉了
你夢見松鼠
他手斷掉了
你用描述樂園的語氣
描述夢境
像是世上

並不存在
看不見的事物
像是世上萬物
都可認識

萬語

很小的時候
你也跟非人的
物體交談
對他們說些
自己懂的話

他們有花
有幾隻螞蟻
在黃色的花心中移動

他們有牆
你在牆上說
我想站起來

我想站起來再跳下去

他們有樹
說完話的隔天
樹的身上長出
黑色的耳朵

他們有霧
你說現在
還不想回家
霧來了
你的眼睛碰到霧
然後鼻子吸進霧
霧沒有聲音
你跟霧說話的時候
他進到你的嘴巴裡

他們有錢
你說無聊
帶著錢去了一些地方
所有大人
聽到這件事都有點擔心
他們想知道
便開始問錢
錢一直笑
錢總是一直笑一直笑

他們有多足蟲
移動腳步的時候
發出一連串聲音
要跟他說話
你得先產生威脅

他變成死一般的球
一直想你說的話

外在聲音

白天認識的聲音
到了夜晚
就變得不認識了
那個聲音
想去看看
這個聲音
想去看看
但是沒有什麼好看的
那個是風聲
這個是壁虎彈舌
沒有什麼好看的

就像有些人長大了
就知道了很多事
認識了好多人
有些人是白天認識的
有些人是
晚上認識的
蟋蟀正在摩擦他的身體
大蟋蟀的聲音比較老
小蟋蟀的聲音
比較好笑

晚上我們
就別再穿鞋襪了
地板冰冷
有殘存的灰塵
貓的指甲

貓的鬍鬚
壁虎的尾巴
我們踩過這些
去聽蚯蚓叫的聲音
去看活到最後的螢火蟲
那麼晚還跑到外面
我們很開心

開竅

每個人都哭了
當他們第一次
感覺到時間
緩緩鑽進身體
又從孔竅出去
他們的影子
也離開了子宮

一開始
他們就知道
有些東西可以不要
單調的玩具
臭臭的食物

假裝喜歡小孩的人
變臭的父親
他人的憤怒
他人的疼痛悲傷

接下來他們
要學會安心
學會對照顧者笑
要知道這是手
那是腳
在漫長的夜晚
發出聲音
引起全世界的注意

來處

有人說要了解什麼
最好是不抱希望地愛他
但他們都沒說到
要花多久
才能了解世界

冬日的餘暉
一路上閃著方向燈的前車
還有陰天
所有的陰天
都在忍耐信任
與下雨時的罵聲

孩子
跟我一樣
有張容易乾裂的臉
你要跟我
走在被挖開的柏油路上
在黑暗的玻璃窗
照見自己

你要學會相信
將你抱起的人
再學會懷疑
想將你抱起的人
要學會語言
學會住在語言裡的爸爸
並忘記爸爸的語言
所無法抵達的事

你走過來
並忘記你來的地方
習慣光裡總有浮塵
習慣安靜時
樓上傳來玻璃珠掉落的聲音
你會一個人去廁所
也會想找人一起去廁所
你會習慣
疾駛過水窪的車

冬日的餘暉
你哭過後睡了
一路上閃著方向燈的前車
讓你學會負面的詞
還有陰天

你出門了
所有的陰天
將為你忍耐

內在小孩

孩子已經有了
邊緣的概念
孩子甩著雙腳
放開握著的東西
他看見掉落

孩子的心裡
還沒有自己的掉落
他弄掉了東西
東西就變得比他還低
他也摔過幾次

孩子喜歡
用冰過的杯子喝水
透明的杯子
凝結了周身的水氣
透過杯子
他可以一直看著
看著同一個人

今天孩子燙菜
差點又把未熟的心
給了人家
他還只是個孩子
他所記得的
是萬物巨大的樣子

5G

夜晚將盡之時
我看見枯樹
生出全新的天空
也知道不久
這漫長的白晝
又要被枯樹收走

迎面而來的人
布滿難以意識的裂痕
我也不是看見的
我聽見吹來的風
混著拔高的聲音

身體裡裝的
全是他不想要的東西

憤怒的孩子
摔打他最愛的那些玩具
我正是他傷痛的開始
也是他試著反擊的第一對象
而他會知道
這沒有用
這不會讓情況變好
這些人生得高大
多半是對某些事無動於衷

我們用上整個世代
來學習溫柔
學習如何描述傷痛

只要有人嘗試
我們就要一擁而上
讓他感到人的溫暖
他的手是象徵
他的心是隱喻
他的身體是妥妥的意象
每個部分
都出現了能懂的人

成人

不時回頭
看一下自己
的腳印
想起了
足跡與腳印的區別
足跡飄起來
像一個邊騎車
邊唱歌的人
拖著聲音的尾巴
腳印陷下去
除非有什麼來
將他填滿
好奇的女子

脫下自己的鞋
她為世界
產下陷落的孩子
一天清晨
她離開眠床
看見床上的人形
緩緩消失

彈塗

在淡水匯入鹹水之處
聽見你的聲音
沒有人的地方
小動物動得很快
長不高的樹林裡
有白鳥安靜吻地
好笑的魚在泥水裡跳動
只要看見他
人們便莫名地開心
但這裡沒有別人
只有我
我也莫名開心

風帶著沙
經過我的腳踝
像是小到不行的東西
正在奮力抵抗
每一粒沙都是他們
最好的武器
我的手上腳上
還有一些點點
裡面留著火蟻的毒牙
我活下來
我來此久站
緩慢地陷進沙裡
這裡不生草

但我聽見你說
這裡有很多魚苗

陽光將他們的影子
打到水底的時候
你就看得到了
裝一些海水
讓洞裡的小動物
以為漲潮了
你看看他們探頭
知道他們在那些洞裡
你也會很開心

長夜

因為貓要進門而醒來
因為孩子的夢話而醒來
因為自己的鼾聲而醒來
因為肉身的勃盛而醒來
因為遠方的煞車聲而醒來
因為附近的宮廟做法而醒來
因為月光經過而醒來
因為貓要出去而醒來
因為八點之後不吃東西而醒來
因為死去的人而醒來
因為飛機的轟鳴而醒來
因為深夜疾馳的救護車而醒來
因為鬧鐘就要叫了而醒來

因為一首詩而醒來
因為太過安靜而醒來
因為貓要進門而醒來
因為渴
而醒來
因為小腿抽筋而醒來
因為臉上冰冷的水而醒來
因為失禁而醒來
因為巨大的搖晃而醒來
因為貓在叫而醒來
因為呼吸終止而醒來
因為貓又要進門而醒來
因為他人的體溫而醒來
因為遭到隨意祝福而醒來
因為嘴唇被柔軟而冰冷的碰觸而醒來
因為所有人都睡了而醒來

因為所有人都要醒了而沉沉睡去
因為貓又要出去而醒來

二歲。

想到你

也在這樣的世界

廚師

在魚眼之中
我看見自己的輪廓
我是個廚師
我不畏懼黏液
不畏懼帶血的內臟
我也不怕魚腹裡
更小的魚
我已經看見
它做為一條秋刀魚
被處理成肉與骨與皮的樣子

沒有想過自己
會成為擅於久站的人

總有人問我
回家後是否還會下廚
可我是個廚師
有人遞刀給我
我便會接
我所熟悉的動物
都是死去的樣貌

火焰吼叫的聲音
在每個夜晚燃燒
我的耳朵

便當店

鬧鐘響了是鬧鐘響的時間
賴床是賴床的時間
鬧鐘又響
是十分鐘的時間
盥洗是盥洗的時間
盥洗時囤積便意是
盥洗的時間
坐在馬桶上是關心朋友的時間
穿上制服的時間
是考慮早餐的時間
通勤的時間
是吃早餐的時間

比老闆早到一點
是確定不會被唸的時間

整理冰箱確定庫存開站
是五分鐘的時間
把所有的魚切成一樣的大小
最多是十分鐘的時間
把四斤麵條分裝成四兩一包
最好包含在切魚的時間
把所有格子填滿
必須比開店早十分鐘的時間

煮一碗湯
是一碗湯的時間
煮二碗不一樣的湯
是一碗湯的時間

煮兩碗三碗四碗一樣的湯
也得是一碗湯的時間
煮四碗不一樣的湯
最好是兩碗湯的時間
從單出來到老闆娘嘶吼之前
是讓客人滿意的時間
炒一個飯是炒一個飯的時間
炒兩個飯是炒兩個飯的時間
炒十個飯
是客人催餐的時間
是下一個客人臉色難看的時間
是憋尿跟喝水只能選一樣的時間

吃飯的時間
是等老闆賞肉吃的時間
是午睡的時間

是買好緊急口糧的時間
打烊前一小時
是決定今天能幾點走的時間
吃晚餐是撿來的時間
整理工作站是偷來的時間
確認隔天的貨都夠用再走
是負責任的時間
騎車回家是什麼都不想的時間
洗澡吃宵夜是自己的時間
睡覺
是決定隔天會不會切到手的時間

想到你也在這裡

一再挖開的路上
掉落著他們的決心
世界傾頹的樣子
我已經習慣
昨天那裡還是草地
今天已被整平
孩子在馬路上
騎著小小的三輪車

只有加油站
荒廢得再久
你還是一眼看出
那曾是蓄滿油的地方

澄澈的油
等待的人掏出手機
在溢散的油氣之中
看著他們關心的人
然而什麼都沒有發生
加滿油的車輛
漸次離開
往後再遇到彼此
也不會覺得眼熟
一起賭上性命的時刻
也就是這樣

明天
整好的地
要被鋪上水泥
約莫是可以停兩台車的

一塊嶄新的空地
在紅磚老屋旁邊
還有紅磚老屋
我會習慣的
一想到你也在這樣的世界

後天
我看見孩子
在嶄新的水泥地上
騎著小小的三輪車
又想到你
也在這樣的世界裡

萊菔

我只有皮
可以給你
你嫌他辣
就拌點鹽

我只有葉
可以給你
是脆的
生吃或醃
都是脆的

冷天甜
熱天澀

蔬果總是
當季的最好

我只有根
也可以給你
我是顆好菜
你是個好人

驚蟄

我看見了
你習慣黑暗的樣子
你在那裡
想像一個藏匿的自己
只要注視
無需回應
沒有腳步聲逼近
而不遠離
本來就小的你
抱腿而坐之後變得更小了
你最喜歡的星星
現在是怎樣
都無法看到你了

你一直待在那裡
也好
這幾天都會下雨
隱翅蟲也跟著下下來
那些不太流動的水裡
也有東西開始孵化
起霧的凌晨
我總是在想
那是雨要回去
還是雲偷偷下來玩
你睡著的時候
有些渾圓的露珠
在你的睫毛上做夢

本來待在黑的地方
睡得就會比較好
很吵的時候
我看著你
我看見安靜
有時我也想牽起
你泛綠的手
因為那奢侈的綠色
是語言的未竟之地
但這與你無關
待在那裡對你很好
再過一 會兒
天又要亮了
時間　時間

患部

某個地方
變得特別沉重
患部的特徵
即是敏感
即是怕吵怕水怕風
需要安靜
深遠的睡眠
一直活在重力下的心

小孩教我
疼痛不可避免
認真呼吸
也算折磨的一種

說真的
我不覺得出來後
一切都會好
首先想起
那些再不能見的人
桌面的木紋雖是假的
也有一張張人臉

要走上六十六小時的路程
騎機車只要十個小時
路上沒什麼想看的東西
想停的地方
需要休息
就在身體上停留一下
對大部分人來說
就只是這樣

記得這些
我才知道什麼時候應該快樂

吊掛

用尼龍繩
將地球綁在
天花板的輕鋼架上
有一點風
讓它緩慢的轉動
今天的太陽
也在很遠的地方
被貼上毒辣的標籤
每次睡前
都想再看看這個世界
我的荒野
盡在人煙升起的地方

河魚聚集在
污水管的排出口
在那裡他們想起上游
不管他們喝了什麼
我們都已經喝過了
沉重的光進入肉身
這不是我的現世
不是我的安穩
我喜歡的是
那些吊起來的東西
有人跳起來咬
有人對著繩子
丟一把刀

夜啼

赤腳走在
冰冷的地上
去喝一杯冰冷的水
水氣在玻璃窗上成形
我看見潮濕的夜晚
黑暗中傳來人的聲響
而又壓低
孩子畏懼著自己的睏意
不擔心這裡
還有別人

有時我不相信
明天還能醒來

有時我不相信意志
有時不相信時間
有時閉上眼睛
懷疑自己的雙手
是否在黑暗中張開
然後打起瞌睡
有時我相信
穿過隙縫而拔尖的風聲
除了冷
並不代表什麼
有時我相信放了一夜的水
仍然乾淨

孩子在夢裡嗚咽
隨時準備哭著醒來

那時已近黎明
夜燈悄悄地熄滅

三歲。

我們留在這裡
我們飢餓
且因活著而開心

第一天裝一杯水
就放著
第二天
裝一杯水
喝了一口
就放著
第一天的水
已將雜質沉澱
第三天
裝一杯水喝得剩下一口
就睡了
第一天的水
又托了些雜質
第二天的水
已然沉澱
第四天倒一杯水

灑了一些
忘了喝
第一天的水托著幾根頭髮
第二天的水又少了些
第三天的水
已然沉澱
臨睡
地上的水乾得差不多了
第五天沒有回家睡
第一天的水托著頭髮與死去的蚊子
第二天的水被弄倒了
第三天的水少了一些
第四天的水
已然沉澱
好像沒有一點雜質
第六天

所有的杯裡都生了孑孓
裝一杯水喝了不夠
又喝了一杯

創世篇

將來

鳥要飛的時候
我不知道
綠色的葉子落下來
鳥已經不在了
他將這棵樹的種子
拋在馬路上
雲遮住了太陽
斑馬線上走著幾個人

海安靜下來的時候
我不知道
人的耳鳴是海的一部分
被鎖在身體裡的水

一有機會
就想離開

冬天離開的時候
像一個人從身後走過
回頭看看
不確定哪個是人
哪個是冬天
畢竟重要的事
都是看不見的

一直以來我是怎麼入睡的？
什麼都看不見
很像被重要的事包圍
微弱的雨聲
包裹著幼貓的呻吟

今天將離開
明天將來

數位

出門之前
給那些不動的人
澆點水
讓他們在早晨
擁有網路
還擁有一些水氣

每一場夢
其實都對應著
無從驗證的現實
每一道掌紋
都關於訣別與重逢

每一個時辰
可以是歸納過的一生

翻五張牌
想著你
也想到你想念的人
這是統計學的一部分
未來一週的天氣
讓專家來告訴你

你的喜好留下
有價值的痕跡
你買的佳節好禮
將在二十四小時內到貨
在巨大數據庫之中
你就在想念的人旁邊

你相信愛情會死
雲端盡是愛情的塔位

極簡

你院裡的樹
已經砍掉
做成椅子
擺在黑暗的房間
從亮的地方進去
緩緩伸手摸他
又想起那些快樂的事
在無風的雨裡
撐一把輕薄的傘
你安穩地走在雨裡
聽著雨落在傘上的聲音

每天都是這樣
你醒來而地板冰涼
夢裡的樹
在心裡才剛剛發芽
你學會一些
表達自己的方式
從尖叫到默默地
走到沒人的地方
大家都覺得
你變得成熟了
也就減少了稱讚你的次數
把手伸到陽光底下
大部分的人
都有一些溫柔的條件
吃飽睡好不上班
跟自己肆無忌憚地說話

你在良夜中醒來
胯間的貓已經離開
良夜溫和冰冷
身體不讓你做多餘的事
我們留在這裡
我們飢餓
且因活著而開心

胎內

黑色的魚
包圍過來
有些光被折斷了
踩到的時候
就沾在腳底

眼睛不會
最先適應黑暗
手在哪裡
我一直都知道
觸碰到乾燥
刷了油漆的平面

看不見的時候
什麼都像是活了起來

跨過黑色的尾巴
自己走進野獸的肚腹
貪圖濕潤溫暖
睡在一個被用來
取代小羊的石頭上
他的肚子
不會再被切開
所有臟器都受到擠壓
遠方有節奏地傳來
作噁的聲音

破曉

在這裡的
都是好人
房間溫暖
有個人抱頭蹲下
所有人圍著他
面帶微笑
然後他站起來
走出房間
臉上有了一樣的微笑

他已經是世界上
最好的人了
手心溫暖

會跟動物與花說話
他會在你旁邊待著
直到你也快樂
幫你打開舒壓小夜燈
一直把水
換成溫的

只有最好的人
可以離開房間
其他人都還帶著微笑
不推不擠
不做害羞的事
在黑暗中
維持一樣的表情

你走進去
你走出來
對人生
有了新的體悟
你剖開黑暗的肚腹
掉出一串串光明
你看見黑暗
也露出痛苦的表情

壽山

偌大的鼓山二路
只有幾個小孩
她一個人
去大舞台買豆漿與飯糰
還有午餐的菜
小孩無聊
小孩不能理解孤獨

她一個人
把衣服洗了
仔細地夾在竿上
用過的洗衣板
面向壽山的南面

風將衣服灌飽
但沒一件被吹在地上

小孩在警察局哭
她一個人
帶小孩去哈瑪星吃冰坐船
小孩記得了船
與船上的歐多拜
小孩記得了煉乳
她吃很少冰
而且不能走得像小孩這麼快

她帶小孩
走過壽山大部分的路
她流汗
買了一袋紅茶給小孩

她說有雨的味道
今天要早點回家

她一個人摺好衣服
坐著抽菸
光斜斜地射在地上
小孩看到煙霧
與浮塵
記下她的睡臉

她一個人
揉著手上的油斑
看小孩愛吃的雞塊
慢慢浮起
小孩說
像是金色的小船

她一個人對著壽山南面的風
叫小孩回家吃飯
她打完小孩
一個人
撫著左胸
小孩問她怎麼了
她說：「心在左邊」
小孩的心
就一直都在左邊

在很遠的地方我看見你

每天都有人
算好了盡頭
那通常是一張
很長很長的紙條
擱在桌上
而且你知道
他不會再增加了

清晨的蝴蝶飛得很笨
無所依附的晨露
尚未擁抱微塵
想到他們會如何結束
也使你感到安心

你願意睜大眼睛
不斷地穿過這片水氣

早起很好
知道一天將如何結束也很好
那使你走在屍體橫陳的路上
也不至於恐慌
即使你不知道
還有多遠
意識到盡頭
也就接受了不斷遠離的一切

水流掉了
隙縫因空氣擠壓而消失
沒有什麼能再進去

但這時一切都還是濕潤的
像你的眼睛

九十歲的時候
你與盡頭總算夠近
你看了他一眼
打算找個人
平靜地談論你看見的
最好是你的親人
他們看起來
也像翅膀帶露的蝴蝶

也是清晨
你醒來吃了點東西
然後像睡著了一樣
每個人都這麼告訴我

同流

我站在落下的水裡
清洗肉與肉的隙縫
水流進篩孔
毛髮與我都在這邊
光從身後照來
影子就在面前
我也習慣了
這個多肉的輪廓
習慣每天洗去氣味
我走進灰暗的房間
就是為了關門
與頭上的神獨處

不知道他要
看到什麼時候

喜歡暗房裡有微弱的光
我看得到
他所能抵達的地方
我也喜歡跳進同一條河裡
加入那綿延的流動
看見河裡青冷的心
在水裡聽見
岸邊有人叫喚
我的神
並不隨我下水
等我上岸
已經有了自己的惡意
我聽見有人說

「你已經是個大人了」
自會有人愛你

因為頭上的神
我也相信所有的晦暗
都有出口
當我摸索身上
那條下垂的產業道路
周圍已長滿黑色的草

四十

一開始是性欲
看見自己
披覆著夜晚
搬運著生死與宿命
具現惰性的肉體
終於認為自己
不再需要擁抱
與寬鬆的褲子

再來是食欲
以為自己
佔據的空間
越來　越少

事實卻完全相反
安穩的體態裡
裝一個鬱鬱的心
喝一杯水時
不再想起快樂的事

跟著是睡眠
從清醒的一邊
出現無可商議的界限
從一邊被推落到另一邊
從一邊跌落到另一邊
新的一天到來
孩子學會了新的詞彙

最後是詩
忘記了草木的語言

學會了人話
忘記了聲色與其細節
學會了穿搭
這是白天
這是黑夜

內神

孩子在門外叫喚
無光的房裡
掛著一面鏡子
柔軟的肉
裹著堅硬的骨骼
孩子在門外叫喚
他知道裡頭
有一個不回應的神

孩子在樹下
看到身上的陰影
微弱的雨點
從枝葉間落下

他們用所有的時間
來到孩子身邊
孩子在樹下
感覺到撫摸的樂趣

孩子洗澡刷牙
換上乾淨的衣服
在他睡著之後
有人幫他關上了燈
他還不能
在黑暗中入睡
他還想
有人再對他說一點話

是夜的雨很小
打在什麼上面

都很安靜
孩子在夢裡嗚咽
他把一個神留在樹下
要有人去叫他
雨在天亮前停了
這一天也就成了晴天

外鬼

大部分事物
都被光線固定
衣物被掛起來
還是衣物
鏡子裡的房間
是自己的房間

閉起眼睛
萬物瞬間鬆懈
再張開的時候
又故作高深
荒地逐漸變成綠色
再被鐵皮圍起來

被賣掉之後
成為宜居的地方
請一個警衛
讓他整天看著門口
天冷的時候
有別的花開
人走了或有人再來

有價的荒地
開滿無名的小花
日子把光收走
我不開燈
萬物就重新鬆動
以為離開的人或可回來

外流

不鏽鋼水槽
出現一隻蛞蝓
先為他拍照
然後準備鹽
上傳他沾著鹽
掙扎的樣子
蛞蝓有感覺嗎
很多人都因此感到不安
這部影片可能
不適合某些使用者觀看
但我們保留了顯示鍵
且在上面
畫了一個眼睛

這部影片因
違反了服務條款
而遭到移除
很多人仍卡在下面上香
有人當那個
一生平安的好人
有人當那個活在
所有人硬碟中的原檔

光來

從你那邊來的
只剩下光了
有什麼能在光的前面
影子躲在黑暗的房間
聽著水的聲音

你來的時候看見了什麼
我看見一切
混合成你們無法辨識的樣子
那無法稱之為看了
那是存在與意識
都顯得勉強
像一盒鮮豔的12色黏土

最後變成一個
你說不出顏色的硬塊

但我偶爾
還是能想到你
所有的樹枝
都已經長好了葉片
遠遠看起來
有著很美的綠色形體
像你還有手腳
還在我的庭院奔跑
偶爾蹲下看著什麼

溫室

一開始只是
覺得哪裡濕掉了
路上躺著一隻
壞掉的傘
形體尚存的麻雀
像是只要將他
托在掌上
他就又能回到樹上
你也是喜歡說話的

你裹著毯子
跟自己說話
在陰暗的樹洞中

放著你喜歡的
小樹枝、種子、玻璃碎片
你把他們丟出去
又去把他們找回來
碎片掉進水坑的時候
水面上升了一點點

有的夜晚很安靜
你能聽見肉墊
踩在軟土上的聲音
有的雨點很安靜
他落在你的身上
對你很小很小聲地
說了些事情
你請他再說再說
再說一次

尷尬

你說著想說的話
穿著想穿的衣服
走在玉蘭花開的小路上
被某人默默記住了
他想起時間的緩慢
你走路的樣子
還有那天的氣味
他會用一些笨笨的事
讓你看他一下

龍葵的葉子上
停著一隻比較胖的瓢蟲
這個路燈底座裡

有幾天前剛出生的小動物
再過半小時
會有一隻巴西龜
爬到那個石頭上
伸長他的手腳與脖子
這是他能想到
最有趣的話了
每一件都好笨

接下來他所能想到的
就只有挫敗
他想丟出帽子接著起舞
或者他只能想起
那個孔武有力的自己
遠方傳來救護車的笛聲

你已經開始走遠
時間又回到原本的地方

斷尾

開著燈睡著的孩子
在關燈後
發出同樣的鼾聲
他的夢
可以在醒來之後
繼續害怕
恐懼比他會的語言
更加複雜

我在夢裡
有時就知道
我在夢裡
知道在夢裡的第一件事

總是試著受傷
我曾在岩石上
磨下鱗片與鰭
曾跟著草葉
被一塊防滑的鞋底輾過
有時我也清楚
怎麼弄斷自己的尾巴
用剩下的手
拿著斷掉的手
全都沒有顏色

醒來的時候
我看手機
摸幾下頭髮脖子
黑暗總是這樣
就破了

嗅覺之夢

每天下班
嗅覺幾乎都是麻痺的
要洗過澡後
氣味的世界再次複雜
像眼睛忽然睜開

即使意識到這件事
還是無法辨認
嗅覺在什麼時候麻痺
或許不該再用麻痺
形容嗅覺
而是厭倦

一個在工作中
逐漸發臭的人

一個在工作中
逐漸發臭的人
在肉上撒一些常見的香料
在肉排衝煙彼當時
噴上一些香料酒
這樣就好了
不用去聞
你鼻子湊過去聞了
誰還敢吃

器具的震動
取代了嗅覺
經驗取代了嗅覺

疲軟的心
取代了嗅覺
在他們代班的時候
嗅覺去了一個沒有味道的地方
這工作不需要那麼大的鼻子

嗅覺醒了
小宇宙沒有隨之爆發
手上還有
迷迭香混著黑胡椒與雞油的味道
香是香了
但不是女孩子那種香
睏是睏了
卻是入味的那種睏

龍貓

巨大的東西經過
留下巨大的風
夜裡的河
挾著黑色的魚
世界整個發抖
整個怕
黑色的幼貓
穿過黑色的馬路
也不是沒有光
只是明天又要下雨
遠方傳來狗吠
一切都很安靜

你已經習慣睡覺
不開小燈了
門窗都已經鎖好
沒有人會再回來
地板又要開始反潮了
明天你想整天躺著
不說一句話
不喝一杯水
緩緩地呼吸
慢慢地瘦

你還想再
變得更小一點
不用縮著身子
腳也能蓋到被子
你還沒有離開過任何人

但是世界真的太大了
很多食物都
好吃得令人尷尬

四歲。

世界很大
要不你從洞裡出來
看看意識可以
如何伸展

昏鴉

晚霞成形的時候
萬物逐漸
取回自己的藍色
迷你的夜晚
在凹陷處流動
再一下下
路上的人
才能到家

唱歌的人離得太遠
歌聲抵達這裡時
已經失去了細節
疲倦的烏鴉

在路上停留
車過車來
也沒有飛走
他與幾個路過的人
一起看到盡頭

有歌聲跟雨點一起落下
在樹葉上散開
蟲子在雨中亂飛
你必須穿過陣雨
去看看那個唱歌的人
你叼著亮亮的小破片
用小腦袋記住了
他的聲音

田園

一切都是乾的
乾而燥熱
在植物間前進
蜂鳴與花粉在陽光中
都是可見的

汗從睫毛
落到地上
一群動物
圍住了池塘
安靜地喝水

深綠的葉片
被啃出汁來
這片殘破的葉子
就是他的整個童年
他將粉沾在腿上
踩出巨大的腳印

往那一站
我就是在場
擁有最多水分的命
恆溫動物
也能這麼熱
也能這麼冷

百廢

深秋的心
家犬在深夜
對著野蛇吠叫
他在找一個
安穩的地洞
要將自己連同
一身腐肉
埋過整個冬天

這時你已經睡了
風與犬吠進到
你的夢裡
像是你心的一部分

醒來的時候
你覺得怕
但想不到怕些什麼
百廢之中
分不出哪些不廢
明明看得見
卻比誰都還想
養一隻導盲犬

愛人受傷不說
暖暖包破了
懷裡全是灰燼

詠田園@夏宇

惡土被翻開來
下面仍是惡土
放了一陣子
也沒從土塊隙縫中
伸出新的草苗
只是緩緩地
覆上一層青苔

軟體動物
在土塊上移動
啃著無限的苔原
用一輩子將這些
綠色的絨毛

變成有著妖異粉紅色的卵群
你能想像在個體之中
有著成千上百的寄生蟲嗎

我幾乎為此流下眼淚
雨後三天
我將駕著規律震動的農機
將軟體動物與他們的苔原
一同絞碎
在初夏的正午
泥土的氣味將遠遠地發散
白的鳥與黑的鳥
跟在緩慢前進的農機後方
這就是永不凌遲的田園
談不上愛的田園

記事

有螞蟻搬著光
緩緩通過
光臘樹上的蟬蛻

這裡
發現了一樣東西
有什麼巨大的動物
離開了這裡
我要將這件事
變成氣味

這裡
巨大的動物

釋出了簡單的味道
我們都明白
那是不要靠近
但我想說的是
有一隻巨大的動物
將他的形體
留在這棵樹上
而且我可以進去

不要靠近
混合著困惑的氣味
瀰漫在巢穴的第一層
我快要忘記了
有一隻巨大的動物
留在這棵樹上
我進入了他的身體

像是巨大的動物
並釋出了巨大的氣味
像是真正的記憶

我要怎麼再次釋出
相信的事
我是一顆移動的露珠
月光在我身上暈開
這是留在殼裡的訊息

雨季

疾轉的車輪
在脆弱的路面
掏出坑洞
夜裡裝滿黑水
水泥與柏油的交界
尚未冒出綠草
雨季正是為此而來

夜晚結束
勉強來到人間的光
藉著水坑彈跳迴天
車行濺起水幕
撲向涉水的人

他抱著幾本書
撐傘是沒有用的
雨季正是為此而來
幸福是沒有用的

在鐵屋裡聽著
盛大的雨聲
不確定自己是否
發出了聲音
養育我的人曾說
養我是沒有用的
雨季正是為此而來
養一隻貓是沒有用的
所以養了兩隻

海綿

醒了
暫時無法再睡
田地在
雨聲中閃爍
夜裡的鳴蟲
正過著安靜的童年
有些蛇醒得早
動動舌頭
緩緩地將尾巴伸直
醒了
但世界仍然冰冷安靜
心像一塊海綿
一邊吸水

一邊滴水
水裡都是自己的氣味

焚化

打了幾個悶雷
雨終究沒來
地裡已經沒有
生物可以喚醒了
萬物確鑿的夏季

明天在後面
燒我們的舊衣
還有吃剩、用剩的東西
要燒到秋天
每一口氣
都是發酵蛋白質的氣味

燈蛾嗜燈
夜蛾嗜夜
有這樣的事嗎
愛人嗜愛
狼人嗜狼
有這樣的事嗎
在反覆的顧名思義之中
持續地遠離真理

在一聲響雷之後
電腦無法開機
車子也燒起來了
雨沒有下來
它要一直燒到秋天

旱年

每個晚上
為好天氣許的小心願
終究組成了旱年
不能忘記的事
又多了一件

雙蛋黃的蛋
孵化後
會變成什麼
這我不管
我看他們在鍋子裡
慢慢凝固
今天有個美好的開始

為陌生人的悲劇
顫抖落淚之後
我也想做點什麼
上網指出了
專業人士的盲點
獲得不少讚
不少分享
安心地回到
自己的日常之中

為這樣的事
寫一首詩吧
這是詩的時代
到處都是
需要詩歌寬慰的人

在如此悲傷的時候
他們不會跟我計較太多
因為我也如此悲傷

良田

翻上來的土裡
有被切斷的蚯蚓
來接他們的
是純白的鷺鷥
你還能想像
蒼蠅停著的地方
是被碾碎的軀體
今天的天氣
是近來最好
今天的風
能在汗毛間稍做停留
滿地都是
安靜的動物

與植物溝通

晚上
給他開燈
讓他懷疑現在
就是季節
白天
給他遮蔭
讓他想像現在
可以開花

把他的皮
剝掉一些
讓他以為自己
要死了

應該拚命結果
把他的枝芽
接在根莖作物身上
讓他以為自己
沒有死過

跟植物說話
有時真心
有時只是習慣
每個突出的地方
都掛上自己的聲音
你手上的菜
聽過我唱的歌
聽過自己迅速地
進出流水

聽過紙箱在貨車上
搖晃碰撞
聽過葉片被手指摩擦
聽過紅光掃過條碼
靠近根的地方
被切去
纖維與水份一起斷裂

疼愛

每天的日光
都使你
相信時日
忘記時日無多
騙你把心
交給時間

身體
將你喚醒
他說
時間到了
時間在看著你
摩挲你的背脊

不知為何
癢了起來
不要以為黑暗
是靜止的
你也在黑暗中
聽過飛蟲
撞擊牆壁的聲音

雨聲消失
的斷層
將你喚醒
除了你
再沒有人
因此醒來
這是世界
疼愛你的方式

你跟著說了一次
這是世界疼愛我的方式

穴居

有時我會醒來
看看自己的肉身
他趴睡
從被子露出一點腳趾
與細長的靈魂
時間與我無關
但知道這天之後
只會一直變冷

風聲尖銳
夜晚像一個
狹長的通道
看過去

除了光以外
什麼也沒有
以為無法再承受
任何循環的事物了
明天竟是
全新的一天
剩下的麵包
為何不給
逗留的鴿子

在洞穴裡
畫下一些看見的事
在洞穴裡
發出聲音
成為洞穴的一部分
這是愛情

最美的那種
在洞穴裡生起
一小堆營火
成為最醜的
那個部分

有時我的肉身
會在夜裡找我

水鳥

幾座中小工廠
幾座資源回收場
離最近的便利商店
已經十來分鐘
從台北來到台北
像是做了一場心靈小旅行
兩水交會兩山相望
流浪的神明一再漂流至此

向水借房
在最繁華的城市
當一塊最後的偏鄉
在機車瀑布中

獨佔一種熄火的憂傷
在最便捷的時代
當一個最遲緩的人
向水借了一地的衰老

向水借地
耕成最後的菜園
農舍的牆上
有著清楚的水痕
這裡的人生是向水借的
向水借了無須開發的心
每個心都預留了洪氾的空間
採來的菜葉有蟲
也有蟲在蛀的洞

大地

這裡大地遼闊
無邊的天底下
你可以耕種、書寫
讓意識生養你的所需

但意識
多半是個洞穴
他顯現出天地大海
你寫點什麼
都是穴壁上模糊的圖案
有天他們說
這是走獸
他有四條腿

這些刻痕裡
有著獸的動態

有天他們說
這是人
他在生火
他在嘗試生火
他在嘗試把火帶到意識之中
這些刻痕是火
在他眼裡的樣子

有天他們說
世界很大
要不你從洞裡出來
看看意識可以
如何伸展

可天地模糊
大海模糊
火光模糊
我的手指粗硬
當我觸碰
所有人都覺得
像被岩壁觸摸

託夢

巨大的夜晚
在召喚房裡的人
每次聽了你的聲音
我就更習慣
這條一般卑微的命
我見過幾次
你將魂魄
翻捲而走的場面
穿著合身衣物的肉體
持續地慢跑、發汗
沒有一片安靜的湖
能映照此處的滿月

你應該死了
我卻總在晚歸的路上
聽見你的聲音
你的聲音裡
總有瓦斯燃燒的氣味
你說火跟人一樣
都有體味
在世的每一天
都要認真地
將累積的氣味洗去
要穿得乾淨整齊
要讓人看了
便覺得歡喜

圓滿了

1

第一次這麼近
看一隻烏鴉
是他死的時候
在午後的柏油路上
又輕又僵硬
像塑膠做的

2

我抱著你
走進黑暗中

在暗的地方
我是看不見的
我靠近你要躺的地方
慢慢地將你放下
這裡的黑暗
有一個開關
今晚我們不去動他

3

門後的房間
也是暗的
要進去時
我告訴你
要上車時我告訴你
要過橋時

司機告訴我
我再告訴你

4

你跟我說話的時候
我不知道
你在跟誰說話
我沒答應
把麵包一小塊
一小塊地
放進你的嘴裡
你不讓我關燈

5

睡了一天的你
不明白自己為什麼
無法入睡
你忘記自己
是躺著的

6

凌晨
大家都說
你看起來慈祥
像睡著了
只有我知道

你已經忘記了
足夠多的事

7

我檢查了你的褲袋
已經什麼都沒了
再用你的手
握一把零錢
地上畫了一條線
我不能過去

8

你也曾抱我
走進黑暗的房間

其實我不記得了
現在你也不會再說了

9

我抱著你
有人替我們打傘
讓我們走進
陰涼的室內

10

捧著烏鴉的時候
他的羽毛下
鑽出一些小蟲

我嚇到了
但畢竟沒有撤手

野牽牛

口袋裡有土
鼻子裡有土
耳朵裡有土
鞋子裡躲著蛤蟆
指甲縫裡
藏著細碎的草渣
身體的表面
沒有一處是乾爽的
心裡的青蛇醒了
在鏡子前吐著信
心形的葉片
伸出藤蔓
往高處纏繞

像是一直抬頭
看著你的人

元宇宙生活

躺平
將心放在平坦的地方
微波將
物體的裡外同時加熱
密封的容器膨脹
你替他開了一竅
隨著一聲嘆息
手被蒸汽燙了一下
但也沒有放手
只是靜靜地
再開一竅

蒸汽混著油煙
沖進上方的管路
都已經那麼油了
還是想回到天上
那邊有誰
等著進行最後的情緒勒索
都已經那麼油了
還是想回家
看一些虛擬實況主的影片
他們的皮
在有限的範圍內
做出人的動作
像是不帶意義的短波
將你的心再次加熱

坐起來
吐出一口蒸汽
又躺下
坐起來
吐出一口蒸汽
又躺下
像一台無情的
蒸汽動力起坐機器
在每次用力的時候
都發出用力的聲音
身體裡的水分
都藏著雲的鄉愁
在雨聲裡跳動的心
是天堂的路由器

代跋　四歲

喵球

一歲，小孩只會哭與掙扎，他甚至還不會笑，但他每天每天都在告訴我那些我不可能記得的事：怎麼意識到自己有身體、怎麼認得其他人、怎麼對另一個人笑、不會語言的人類如何感知世界……這些脫離童蒙後，我就完全忘記且毫無線索的事，透過觀看另一個生命的展演總算有了線索。

二歲，靈魂存在，均勻地分布在身上有知覺的部分。頭以頭皮為界不及毛髮，手腳以指甲縫為界不及於指甲。要摸一個明知很燙的東西之前，我會看著手，就像看著靈魂的邊緣。我對自己說：要上了，退後一點。接著我感覺到靈魂像小腹稍微內縮了些，縮得比我物質的手更小一點。我用無魂的手端起很燙的容器，放在他該在的地方，然後感覺到靈魂小心地與手重合。剛剛端的東西，還是會燙，但已經沒事了，不用再端了。有時靈魂內縮太久，一時之間回不到原來的地方，像是被壓得太扁的尖叫雞維持著被壓扁的樣子。沒有人能看出，我比平常小了一些，身體相對大而鬆垮。有時你走得太快，靈魂遺落在後面一點的地方，你就會一直覺得背後有人。

三歲，從古漢語來繼承或從西方文學來移植的思路，都是靠異中求同弭平此間的斷裂，但很多時候仍免不了坑洞上蓋些樹葉的尷尬感。相較之下，我的路線大致可以說是盡可能留下日常用語的空洞，而這空洞又多源於殖民統治的語言控制。像是重新在語言的荒地裡觀察那些新生的野草，野草有些是古代種、外來種，但不妨礙荒地之為荒地。當然這是我自己觀察己作的結果，一開始並沒有想過這樣的事，只是在二十年的書寫中，不知不覺沉溺於台灣人所用漢語的樂趣。口語、存整體去佳句的均質化，只應用到基本語法的直述句，這些看起來不怎麼厲害的東西，逐漸構成了我這個中年人。

四歲，在社群媒體上怎樣你都能擁有最好的經歷，那些在獵戶座肩上燃燒的戰艦你都已經不知道看過幾次了；那些特定日期的鳳梨罐頭你都已經不知道打開幾個了。除了黑洞人類還能看見鬼神、能量、磁場、細菌、病毒、元素、光明……不明白為何人類還要懷疑。什麼都信與什麼都不信，相較之下哪邊更好更美不是很明顯嗎？人們總是隱約期待著權威，以前權威只有在特定情況下才會出現，現在權威可以出現在任何一個很會說故事的人身上。流量就是力量，流量就是真理，流量就是所有人的超能力。你的讚是對無限分行世界的關鍵選擇，你的分享決定了未來你要面對的世界。個人與群體之間的連結從未如此具象地展現在世人面前，人類的集體意識成為數據掌握在某些人手中，又被用以修正（預測）我們的消費與選擇。你想看什麼，你會被什麼打中，其實他們都已經知道了，大部分人的單純被無比龐大的良善立意展現在有網路的地方。如何不盡信，如何像個詩人一樣去懷疑？信是好的，他站在望與愛的前面；懷疑是慘的，他與惡意或嫉妒等其他負面情緒擁抱在一起。如果詩人的使命是對語言進行無止盡的質疑，也難怪詩人們只能待在地獄。那麼不懷疑的詩人都到哪去了？他們在社群上，沐浴在神的流裡——當代的神可以隨時讓你回到祖墳。

有句話說當什麼人之前必須先是個好人，懷疑的人不快樂，懷疑的詩人想必也不快樂。而神要的，有時就是你的不快樂，他希望你勇敢地寫出最負面的經驗；以前只有極少數人能做這樣的事，因此觀看此事的方式大多無異於偷窺。當代的神最愛偷窺了，他將偷窺包裝成全新的社交方式，並賦予他眷顧的人一些流量。此時你那些小家子氣的懷疑也成為流量的一部分，就像你從未懷疑過什麼。你是集體中的個人，你閉上眼睛就能聽到集體意識的聲音——今晚我想來點鹽酥雞。不如盡信吧，相信盡信之大美與快樂，相信孩子的每一句話；相信每個人的生別死離。我稱之為不假思索主義。

四歲。小孩學會了運用語言思索、定型世界，此後他身上的小動物只會越來越小，直到連他自己都遺忘。直到他的小孩讓他想起，曾經彰顯於他身上的，小動物般的神。

附錄　《四歲》詩作刊登

〈便當店〉，鏡文化，二〇一七年六月五日

〈內在小孩〉，鏡文化，二〇一九年四月一日

〈數位〉，《自由時報・副刊》，二〇二〇年一月十二日（貳零貳零台灣詩選）

〈孩子之三〉，鏡文化，二〇二〇年七月二十七日

〈託夢〉，《自由時報・副刊》，二〇二〇年十月十九日

〈與植物溝通〉，鏡文化，二〇二一年一月十八日

〈為父〉，鏡文化，二〇二一年八月一日

〈外在聲音〉，鏡文化，二〇二三年四月四日

〈5G〉，《自由時報・副刊》，二〇二一年四月十六日（貳零貳壹台灣詩選）

〈雨季〉，《自由時報・副刊》，二〇二二年六月十六日

〈穴居〉，《幼獅文藝》二〇二三年六月號

〈元宇宙生活〉，《自由時報・副刊》，二〇二二年九月二十三日

〈水鳥〉，《鹽分地帶文學》，二〇二二年九月號（第一百期）

讀詩人164　PG2888

四歲

作　　者	喵　球
書名題字	真　真
封面/內頁插畫	真　真
責任編輯	鄭伊庭
圖文排版	陳彥妏
封面設計	王嵩賀

出版策劃　釀出版
製作發行　秀威資訊科技股份有限公司
114 台北市內湖區瑞光路76巷65號1樓
電話：+886-2-2796-3638　傳真：+886-2-2796-1377
服務信箱：service@showwe.com.tw
http://www.showwe.com.tw
郵政劃撥　19563868　戶名：秀威資訊科技股份有限公司
展售門市　國家書店【松江門市】
104 台北市中山區松江路209號1樓
電話：+886-2-2518-0207　傳真：+886-2-2518-0778
網路訂購　秀威網路書店：https://store.showwe.tw
國家網路書店：https://www.govbooks.com.tw
法律顧問　毛國樑　律師
總 經 銷　聯合發行股份有限公司
231新北市新店區寶橋路235巷6弄6號4F
電話：+886-2-2917-8022　傳真：+886-2-2915-6275

出版日期　2023年7月　BOD一版
定　　價　380元

讀者回函卡

Printed in Taiwan

國家圖書館出版品預行編目

四歲 / 喵球著. -- 一版. -- 臺北市 : 釀出版,
2023.07
面；　公分. -- (讀詩人)
BOD版
ISBN 978-986-445-839-4(平裝)

863.51　　　　　　　　　　112010955